LE

MISSIONNAIRE,

POËME.

ACADÉMIE DES JEUX FLORAUX.

LE

MISSIONNAIRE,

POËME,

PAR

E. GOUT DESMARTRES,

MAÎTRE ÈS JEUX FLORAUX.

TOULOUSE,
IMPRIMERIE DE CHARLES DOULADOURE,
rue Saint-Rome, 41.

1861.

LE MISSIONNAIRE.

Euntes ergò docete omnes gentes.
(St. Matthieu , ch. 28, ℣. 19.)

I.

Mɪɴᴜɪᴛ depuis longtemps a sonné ;.. dans la ville ,
Excepté sur le port , tout dort , tout est tranquille...
Et, dans le ciel , la lune épanchant sa clarté ,
Glisse comme un vaisseau sur la mer emporté.
Mystérieusement une porte s'entr'ouvre ,
Un homme jeune en sort, un long manteau le couvre ,
Il retient son haleine , il assouplit ses pas
Pour qu'un bruit importun ne le trahisse pas ,
Et , prêt à disparaître au détour de la rue ,
Sur la maison qu'il fuit il fixe encor sa vue...
Qu'est-il ? un criminel ?— Non ! — Un amant discret
Qui s'éloigne , emportant dans son cœur le secret
Sorti tout parfumé d'une bouche adorée ?...
Non !—Pourtant à l'amour sa vie est consacrée.
Mais le feu dévorant dont il est tourmenté ,
C'est l'amour de la croix et de l'humanité...

Il brûle de porter vers de lointains rivages
La douce loi du Christ aux peuplades sauvages ,
Et, des pleurs dans les yeux au moment de partir ,
Il rêve avec bonheur la palme du martyr.
Nul ne sait son départ, car toujours ses pensées
Furent avec terreur par les siens repoussées ;
Mais hier , en embrassant à l'heure du bonsoir ,
Et sa mère et sa sœur qu'il n'allait plus revoir,
Étouffant des sanglots que Dieu seul doit entendre ,
Son baiser fut plus long et sa main fut plus tendre...
Il rentra dans sa chambre , et tombant à genoux :
Protégez-les, dit-il, mon Dieu !.. je pars pour vous...

II.

Sur le rivage accourez vite !..
La barque est là qui vous invite ,
Passagers , à vous rendre à bord.
Hâtez-vous ! à votre arrivée,
L'ancre aussitôt sera levée ;
Il est temps de quitter le port.

Entendez-vous le contre-maître
De son sifflet aigu transmettre
Son ordre aux joyeux matelots ?...
Le vent soupire dans les voiles ,
Et sous la clarté des étoiles
La marée a blanchi les flots...

Allons ! allons ! accourez vite !
Le capitaine vous invite ,

Passagers, à vous rendre à bord.
Pour le départ tout se prépare :
Le timonier a pris la barre
Et s'apprête à sortir du port.

Ils sont partis... la mer profonde
Sous le vaisseau creuse son onde
Et se soulève avec fierté,
Tandis que, d'un œil immobile,
Le jeune prêtre suit la ville
Qui se perd dans l'obscurité.

En ce moment, voix matinales,
Les cloches, de timbre inégales,
Sonnaient tour à tour l'Angelus ;
Mais quand sur la mer frémissante
Rougit au loin l'aube naissante,
Les clochers ne paraissaient plus...

Après cinq mois d'un long voyage,
On signale enfin le rivage
Auquel si souvent il pensa,
Et la chaloupe appareillée
Dans cette île tant appelée,
Le même jour, le déposa.

Mais à son départ que de peine !
Que de mains ont pressé la sienne !
Que de vœux dans son triste sort !..
Et quand le canot revint vide,
Plus d'un passager, l'œil humide,
Vers l'île se tournait encor...

III.

Le navire, emporté par une forte brise,
N'a plus à l'horizon qu'une forme indécise ;
Et lui, demeuré seul sur la rive, poursuit
D'un regard obstiné ce point blanc qui s'enfuit...
Il regarde toujours... mais la mer courroucée,
En battant les rochers, l'arrache à sa pensée ;
L'isolement l'entoure et, malgré ses efforts,
Un frisson de terreur fait tressaillir son corps.
Le ciel voulant qu'il boive aussi la coupe amère,
Lui montre son pays, et sa sœur, et sa mère...
Alors l'humanité dans son cœur succomba,
Et de ses yeux voilés une larme tomba...
« Seigneur, dit-il, au nom de cette croix bénie,
» De votre divin Fils, de sa longue agonie,
» Soutenez mon courage et réveillez ma foi :
» Que peut-on redouter quand on a Dieu pour soi?..»
Et comme ce géant, inventé par la fable,
Qui puisait dans le sol une force indomptable,
De même la prière où s'éteint la tiédeur
Lui rend la confiance et sa première ardeur.
Il s'avance... et bientôt de cette île inconnue
Les jaunes habitants accourent à sa vue,
L'examinent d'un air curieux et surpris
Et se formant en rond ils poussent de grands cris...
Et lui, calme et serein, ignorant leur langage,
Leur répond par le geste et par son doux visage.
On le conduit au roi, qui, maître de son sort,
Sur l'avis de ses chefs, le condamne à la mort.

A l'horrible festin avec pompe on s'apprête,
Et, pendant quatre jours, l'île entière est en fête.
L'instant fatal approche... A de longs hurlements
Le feu mêle sa flamme et ses pétillements.
Seigneur, permettrez-vous que cet affreux supplice,
Sans gloire pour le ciel, aussitôt s'accomplisse ;
Et, dans votre bonté, Dieu fort, n'avez-vous plus
Ces miracles créés jadis pour vos élus ?...
Les flèches vont partir... La hache est menaçante...
Tout à coup un enfant, vierge compatissante,
Regardant le martyr, sur son front aperçoit
L'auréole des saints, que nul autre ne voit...
De ce prodige émue, et du ciel inspirée,
Cette fille du roi, de son père adorée,
Se lève, fend la foule, et s'écrie en tremblant :
« Epargnez-le, mon père?... Oh! grâce pour ce blanc !..»
A ces mots, comme l'onde expirant sur la plage,
Ou le bruissement du vent dans le feuillage,
S'élève de la foule un murmure confus...
Le roi, qui n'eut jamais pour sa fille un refus,
D'un seul geste a calmé ces rumeurs insensées,
Et le saint prisonnier voit ses chaînes brisées...
Il est libre... et bientôt dans la peuplade admis,
De ses bourreaux d'hier il s'est fait des amis.
Tour à tour forgeron, médecin, architecte,
Ce peuple subjugué l'admire et le respecte ;
Et deux ans dans ces lieux à peine étaient passés,
Que sous la loi du Christ ils s'étaient tous placés...

Sous les dômes épais des arbres séculaires,
Le dimanche, assemblant ces naïfs insulaires,

Sur un autel rustique élevé par ses mains,
Il offre à Dieu le sang qui sauva les humains.
Pour bénir l'Eternel tous les cœurs se confondent ;
Aux cantiques sacrés toutes les voix répondent,
Et donnent, des forêts perçant la profondeur,
A l'étrange harmonie une étrange grandeur.
La panthère en frémit dans ses bauges secrètes,
Et les oiseaux, troublés dans leurs vertes retraites,
S'envolent dans les airs avec des cris aigus ;
Mais, revenant bientôt à leurs rameaux touffus,
Ils mêlent, excités par le pieux murmure,
Aux airs divins leur voix harmonieuse et pure :
Concert qui, dans sa forme et sa simplicité,
Plus que nos chants pompeux au ciel est écouté...

Un soir, dans sa cabane, à genoux sur la pierre,
Devant son crucifix, il était en prière,
Quand un homme entre, et dit à l'Apôtre étonné :
« Père, viens avec moi... Celle dont je suis né
» Au lever du soleil aura cessé de vivre ;
» Elle connaît la loi que tu prescris de suivre,
» Mais n'a point reçu l'eau qui nous ouvre le ciel,
» Ni mangé de ce pain plus doux que n'est le miel ;
» Aussi, près des grands lacs où sa vieillesse habite
» Veut-elle, avant sa mort, que ton Dieu la visite.
» Viens, Père, hâte-toi... ne me refuse pas ;
» Je connais les sentiers, je guiderai tes pas... »
Ce fils, qui pour sa mère accourt et le réclame,
Eveille un souvenir bien tendre dans son âme,
Et comme la rosée au calice des fleurs,
Sur le bord de ses yeux brillèrent quelques pleurs.

Il se lève... et bientôt la pure et blanche hostie
Pour bénir la mourante avec eux est sortie.
Ils suivent des chemins étroits et dangereux,
Et les hôtes cruels de ces bois ténébreux
Suspendent tout à coup, pressentant que Dieu passe,
Les affreux hurlements qu'ils jetaient dans l'espace.
Tout se tait... mais un ange en secret les conduit
Et donne plus d'éclat aux astres de la nuit.
Après une heure, enfin, d'une marche pénible,
Ils arrivent au bord d'un lac vaste et paisible,
Dont on peut, à travers les immenses roseaux,
Juger la profondeur au bleu noir de ses eaux.
Une mince pirogue, attachée au rivage,
Attendait et reçoit le saint pèlerinage,
Qui, sur le frêle esquif avec rapidité,
Sous l'effort de la rame, est au loin emporté.
Cependant des hauteurs des cieux en long cortége,
Les élus, plus nombreux que les flocons de neige
Qui tombent en silence aux jours des froids hivers,
Descendent vers ce point perdu dans l'univers,
Adorant sous ce pain, qui passe sur les ondes,
Le Dieu fort, le Dieu grand, le Dieu sauveur des mondes..
Doux pasteur, oublieux des maux déjà subis,
Qui jusques aux déserts va chercher la brebis.

Parcourant les vallons et les plages voisines,
Les bons anges gardiens des eaux et des collines
Se hâtaient d'éveiller, en cet instant béni,
L'insecte sous la mousse et l'oiseau dans son nid :
« Chantez, leur disent-ils, vos chansons les plus belles!
» Celui qui vous nourrit, qui vous donne vos ailes,

» Qui fait croître la feuille et resplendir le jour,
» Vogue sur le grand lac sans escorte et sans cour. »
Alors, de toutes parts , des gazons , de la branche,
De la fleur qui s'entr'ouvre et du flot qui s'épanche,
Comme un céleste encens qui parfume les airs ,
Mille sons , mille voix animent ces déserts :

CHŒUR DES OISEAUX.

Anges , pourquoi sous nos ombrages
Troubler ainsi notre sommeil ?
Avez-vous vu quelques orages
Monter à l'horizon vermeil ?
Mais l'horizon n'a pas de voiles ;
Mais jamais nuit de plus d'étoiles
N'éclaira son obscurité !...
Que dites vous ?... Quoi ! Dieu lui-même ,
Dépouillé de son diadème ,
Passe, cachant sa majesté ?..

Dans son isolement , ô Roi de la nature ,
Votre impuissante créature
A chanter vos grandeurs s'épuiserait en vain ;
Mais aux harpes du ciel que notre voix unie
Puisse faire pleuvoir des perles d'harmonie
Autour du voyageur divin !...

CHŒUR DES EAUX.

Des monts je me brise en écume
Sur le rocher retentissant ;
Dans le pré que la fleur parfume
Moi, je babille en l'arrosant ;
Moi, dans le creux de la vallée,
J'ai ma source jamais troublée,
Le passant vient s'y rafraîchir ;
Moi, de ma vague redoutable
J'attaque en vain le grain de sable
Que ma fureur ne peut franchir...

Pour chanter les grandeurs du roi de la nature,
    Mer qui gémit, eau qui murmure,
Torrent fougueux, fontaine au fond du frais ravin,
A l'éternel concert que nos voix soient unies,
Et répandons, en chœur, toutes nos harmonies
    Autour du voyageur divin !

CHŒUR DES INSECTES.

Que sommes-nous ? bien peu de chose
Parmi tant d'êtres si divers !
Souvent un brin d'herbe, une rose,
Forment pour nous tout l'univers.

Le savant du pied nous écrase,
Tandis qu'il s'arrête en extase
Devant le moindre d'entre nous ;
Mais, malgré sa grandeur suprême,
Dieu nous voit, nous connaît, nous aime,
Et sa bonté nous bénit tous...

Aussi pour célébrer le roi de la nature,
Sa plus infime créature,
Sachant qu'un cri d'amour pour lui n'est jamais vain,
Veut-elle au grand concert que sa voix soit unie,
Et que son faible chant se mêle à l'harmonie
Qui suit le cortége divin !...

—

La pirogue bénie a touché l'autre rive,
Et près de la malade, enfin, l'Apôtre arrive.
Le fils, dans une feuille aussitôt va chercher
De l'eau pure qui sort des fentes d'un rocher,
Et la pauvre idolâtre, alors régénérée,
Reçoit avec transport la manne consacrée,
Dernier gage d'amour, précieux souvenir
Qu'un Dieu mourant voulut léguer à l'avenir !
Et le prêtre et le fils prièrent auprès d'elle
Jusqu'à l'heure où la mort la toucha de son aile.
Sous un lit de gazon, que leurs mains ont creusé,
Le corps au pied d'un arbre est par eux déposé ;

Un bâton résineux, de sa lueur livide
Les éclaire, et la brise agitant l'arbre humide,
Fit tomber en passant, avec un léger bruit,
Sur l'agreste tombeau, les larmes de la nuit.
Après ces soins pieux, dont les morts se souviennent,
Vers le lieu du départ tristement ils reviennent.
Ils approchaient... déjà l'église apparaissait
Parmi les arbres verts que l'aube blanchissait,
Et par l'éclat du jour la nature éveillée
Bourdonnait sur les fleurs, chantait sous la feuillée...
Quand un navire anglais, égaré sur ces bords,
En passant, salua du feu de ses sabords
Un drapeau qui, placé sur un haut promontoire,
Déployait des couleurs chères à la victoire...
Le soldat du Seigneur, couronnant ses succès,
Avait su rattacher ce sol au sol français...
Mais, dans sa mission, infatigable apôtre,
Sa conquête achevée, il en cherchait une autre,
Sans relâche enseignant, propageant à la fois
Le nom de son pays et l'amour de la croix.

IV.

Peuples, préparez des couronnes
Pour vos illustres bienfaiteurs,
Et quelquefois jusques aux trônes
Elevez vos libérateurs !
Que leurs figures héroïques,
Décorant vos places publiques,

Disent un jour à vos enfants :
Voilà quelle est la récompense,
Que le pays toujours dispense
Aux héros morts ou triomphants !

Mais n'oubliez pas dans vos fêtes,
Quand vous décernez vos lauriers,
L'apôtre qui, par ses conquêtes,
Marche l'égal de vos guerriers,
Cœur que la charité dévore,
Qui sur des terres qu'on ignore,
A peine sorti du saint lieu,
N'ayant d'arme que la prière,
Vaillamment plante la bannière
De sa patrie et de son Dieu !..

Il est beau d'être inébranlable
Au choc pesant des bataillons,
Quand une mitraille effroyable
Laboure de vivants sillons.
Pendant la terrible tourmente,
Lorsque sur la terre fumante
Gisent ceux qui l'ont défendu,
Il est beau d'aller seul reprendre,
Au bras qui ne veut pas le rendre,
Le drapeau qu'on avait perdu !...

Mais quitter au printemps de l'âge
Tous les êtres qui nous sont chers ;
Pour quelque peuplade sauvage
Pauvre et seul, traverser les mers ;

Braver des vengeances cruelles
Quand des vérités éternelles
On porte le divin flambeau ;
Et pour prix de tels sacrifices
Expirer dans d'affreux supplices...
C'est encor plus grand et plus beau !..

La guerre qui tue et qui brise
Et dont frémit l'humanité,
Quelquefois pourtant fertilise
Le pays qu'elle a dévasté,
Alors qu'au progrès fécondée
Elle sème, en passant, l'idée
D'où naîtront l'amour et la paix.
Mais que de sang ! mais que de larmes !...
Tandis que l'Apôtre, sans armes,
Sait vaincre et n'immole jamais...

O suivons de vœux sympathiques
Et de respects admirateurs
Ces jeunes guerriers pacifiques
Humbles et doux triomphateurs !
Leurs noms, ignorés de l'histoire,
Presque toujours meurent sans gloire
Ensevelis dans les déserts ;
Mais si le monde les oublie,
Pour chanter leur sainte folie
Qu'au moins la lyre ait des concerts !..

V.

De cette triste nuit du départ solitaire,
Pour la dixième fois, sonnait l'anniversaire;
La lune, comme alors, brillait; mais dans l'azur
Son disque plus complet était encor plus pur;
La rue était déserte et, dans cette demeure,
Dont la porte s'ouvrit, un soir, à la même heure,
Tandis qu'une veilleuse éclairait son chevet,
Doucement endormie, une femme rêvait.
De soyeux cheveux blancs, libres de leur coiffure,
Comme un duvet de cygne ombrageaient sa figure,
Et l'œil, en contemplant ce front pur, mais vieilli,
Sentait que les chagrins surtout l'avaient pâli.
Sur sa table une lettre, à demi déployée,
Attestait que des pleurs l'avaient souvent mouillée,
Et, près du bénitier, un portrait suspendu
Lui rappelait un fils depuis longtemps perdu...
Soudain à ses regards s'offre un spectacle étrange.
Au bout de l'horizon, une sainte phalange
Escortait un martyr qui, soldat de son Dieu,
Venait de succomber par le fer et le feu;
Vainqueur d'affreux tourments, ses blessures sacrées
Comme celles du Christ étaient transfigurées,
Et le cortége, au lieu de monter vers les cieux,
S'avançait, s'avançait plus visible à ses yeux...
Déjà des harpes d'or les suaves merveilles
Parvenaient à son cœur et charmaient ses oreilles,
La phalange approchait... et rien ne l'arrêtant,
Dans la pauvre maison elle entrait en chantant;

La chambre tout à coup s'inonde de lumière...
Et la douce endormie entr'ouvrant sa paupière
Regarde, pousse un cri... le martyr, c'est son fils!...
« O mère, lui dit-il, mes vœux sont accomplis!
» Je suis mort pour mon Dieu, mais sa bonté suprême
» Bénit son serviteur dans les êtres qu'il aime,
» Il veut récompenser vos pleurs et votre foi :
» Mère, soyez heureuse et montez avec moi!...»
L'humble femme à ces mots tressaillit sur sa couche,
Un soupir de bonheur expira sur sa bouche,
Et dans le même jour, des anges applaudis,
Et le fils et la mère entraient au paradis...

Toulouse, Imprimerie de CHARLES DOULADOURE.

www.ingramcontent.com/pod-product-compliance
Lightning Source LLC
Chambersburg PA
CBHW061512170626
46811CB00004B/1714

*9 7 8 2 0 1 9 6 0 1 2 5 6 *